Sieglinde Breitschwerdt   »Hörwin in Phantasien«

HÖRWIN

in Phantasien

Sieglinde Breitschwerdt

Median-Verlag von Killisch-Horn GmbH Heidelberg

Breitschwerdt, Sieglinde
»Hörwin in Phantasien«

© 1994 Median-Verlag von Killisch-Horn GmbH Heidelberg 4694
ISBN 3–922766–19–6
Zeichnungen Lila Leokadia Leiber
Typographie Friedrich Vogt
Herstellung Druckhaus Horch, Neckarsulm

Dieses Buch ist meiner Tochter Eva-Verena gewidmet.

Für die fachliche Beratung bedanke ich mich bei Klaus Beelte, Hörgeräte-Akustiker-Meister, Kiel.

Für die Unterstützung bei der Herausgabe danke ich Kurt Osterwald von der Median-Verlag GmbH.

Für die empfindsame und wunderschöne Illustration dieses Buches sage ich Lila Leokadia Leiber Dank.
Mein besonderer Dank gilt aber Dieter Eppler, dem bekannten Theater-, Film- und Fernsehschauspieler, der sich als erster für das »Hilfswerk für hörgeschädigte Kinder« mit großem Engagement eingesetzt hat.

Mein Autorenhonorar für dieses Buch wird dem Hilfswerk »Hörgeschädigte Kinder« e.V., Kiel, zur Verfügung gestellt.

Sieglinde Breitschwerdt

Wer mitspielt...

Hallo, ich bin **Hörwin** und lebe mit meinen Freunden in einem windschiefen Turm in Phantasien. Aber ich lebte nicht immer dort und wie ich dorthin kam, das war ein phantastisches Abenteuer, das ich Euch gerne erzähle. Doch zuerst möchte ich Euch meine Freunde vorstellen:

Panilau –
ist eine Lautetönefee. Zusammen mit ihrer Zwillingsschwester Panilei, der Leisetönefee, fliegt sie hin und wieder zur Erde, fängt mit einem Schmetterlingsnetz die lauten Töne ein.

Panilei –
ist eine Leisetönefee und die Zwillingsschwester von Panilau. Sie fängt die leisen Töne ein.

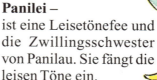

Archivar Dezibelli –

ist schrecklich genau, richtig pingelig, er haßt die Unordnung. Er überprüft die Töne, die die Zwillingsfeen Panilau und Panilei von der Erde mitbringen.

Erst wenn er zufrieden ist, dann legt er den Ton in einen Behälter, beschriftet ihn und stellt ihn ins Regal.

Minchen Monti –

ist eigentlich Haushälterin. Zwar kann sie wunderbar kochen und herrliche Kuchen backen, doch viel lieber bastelt und repariert sie. Es gibt nichts, was Minchen nicht reparieren kann. Am liebsten beschäftigt sie sich mit dem Computer.

Minchen ist die Ruhe selbst und weiß immer Rat.

Professor Krawalli –

probiert ständig neue Musik aus. Wenn Panilau und Panilei von der Erde neue Töne bringen, dann ist er immer begeistert. Er übt und probt stundenlang und alle müssen den Krach ertragen.

Nächtelang sitzt er dann in seinem Dachstübchen und komponiert.

Der Professor ist sehr unordentlich.

Lyro –

ist ein Lautenspieler. Er und sein Flügelpony streifen durch die Wiesen und Wälder Phantasiens. Er spielt auf seiner Laute und singt romantische Lieder.

Peggy –

ist ein Flügelpony. Sie kann nicht nur traben und galoppieren, sondern auch fliegen. Aber manchmal ist sie auch ein bißchen bockig.
Wenn sie etwas nicht will, dann tut sie es einfach nicht.

Signor Diskanto –

ist ein schrecklicher Typ. Er ist immer dagegen, auch wenn er kurz vorher dafür war.
Hin und wieder muß er Minchen Monti in der Küche vertreten. Aber unter uns gesagt: Er ist ein miserabler Koch.

»Los, los, beeilt Euch!«

Die Sonne kroch langsam aus ihrem Wolkenbett.
Sie gähnte und plötzlich stutzte sie.
Im Dachstübchenfenster des alten windschiefen Turmes brannte immer noch Licht.
Neugierig sandte sie ihre Strahlen durch die Fensterscheiben und seufzte.
Professor Krawalli war wieder einmal mit einer neuen Komposition beschäftigt.
Ein furchtbarer Lärm quoll durch die Ritzen und hörte sich gar nicht nach Musik an.
Die Sonne sandte ihre Strahlen weiter und spähte durch einen Vorhangspalt in Panilaus und Panileis Zimmer. Die kleinen Zwillingsfeen schliefen noch tief und fest. Übermütig kitzelte sie ihre Näschen.
Nun schob die Sonne die anderen Wolken weg und machte Tag.
Ein Hahn krähte und im alten Turm begann die Morgenstunde.
Signor Diskanto schlug den Gong.
Dumpf hallte er bis unter das Dach.
Müde und verschlafen krochen die Turmbewohner aus ihren Betten und drängelten sich vor dem Badezimmer.

Signor Diskanto deckte grimmig den Frühstückstisch. Er mußte Minchen Monti in der Küche vertreten, weil sie im Archiv den neuen Computer installierte.
Archivar Dezibelli saß schon am Tisch und las in seiner Zeitung.
Minchen Monti schlurfte in die Küche, wünschte freundlich guten Morgen und schenkte sich Kaffee ein.
Professor Krawalli saß mit wirren Haaren, zerdrücktem Anzug, übernächtigt, mit schwarzen Ringen unter den Augen, am Frühstückstisch und erzählte von seiner neuen großartigen Musik.

Aber keiner hörte ihm zu.

Panilau und Panilei sahen sich nur vielsagend an, als sie die schwarzen Toastscheiben mit Marmelade bestrichen.

Lyro tunkte schweigsam sein Brötchen in den Kakao.

Kaum war das Frühstück beendet, drängelte Archivar Dezibelli Panilei und Panilau, doch endlich zur Erde zu fliegen.

Im Archiv wurden wieder neue Töne gebraucht.

Panilau und Panilei steckten sich die Flügelchen auf, die sie für die Menschen unsichtbar machten.

Sie nahmen ihre Schmetterlingsnetze, mit denen sie die Töne einfingen und hängten sich die Tönebeutelchen um.

Als Panilau den Zauberstab überprüfte, sprühte er nur noch schwache Funken.

»Der Zauberstab ist leer«, sagte sie zu Signor Diskanto, der ihnen die Tüte mit den Pausenbroten brachte.

»Unsinn«, antwortete er barsch. »Für heute reicht seine Kraft bestimmt noch aus!«

»Ach«, stichelte Panilei, »haben Sie mal wieder vergessen, den Zauberstab in die Zauberkugel zu stecken, damit sein Akku aufge-laden wird?«

Signor Diskanto schnaubte ärgerlich. »Los, los beeilt Euch! Die Erde wartet auf Euch!«

Gelangweilt flogen die Zwillingsfeen zur Erde.

Sie schwebten hierhin und dahin, doch sie hörten nur Geräusche, die sie schon längst kannten.

Aufregung auf dem Wochenmarkt

»Sieh mal Panilei«, rief Panilau. »Dort drüben ist ein Markt. Vielleicht haben wir Glück und finden ein paar neue Töne?«

Sie surrten über den Marktplatz.

Aber sie hörten nichts Neues.

Genervt setzten sie sich auf einen Baum und beschlossen, bald nach Hause zu fliegen.

Nach einiger Zeit fiel ihnen ein kleiner Junge auf.

Mißmutig ging er neben seiner Mutter her, die fast an allen Ständen stehenblieb und Waren prüfte oder kaufte.

Alleine schlenderte er weiter.

Plötzlich hörten Panilau und Panilei Räderknirschen.

Sie sahen einen Gemüsehändler, der eine große Schubkarre vor sich her schob.

Die Karre war mit Tomaten, Äpfeln, Salat- und Kohlköpfen voll beladen.

»Platz da!« rief der Gemüsehändler in die Menge und die Leute gingen ihm aus dem Weg, nur der kleine Junge nicht.

Die Hände in die Hosentaschen vergraben, schlenderte er weiter.

»Aber warum geht denn der Junge nicht weg?« fragte Panilau verwundert. »Der Mann wird ihn mit der Schubkarre stoßen und ihm sehr weh tun!« Kaum hatte die kleine Lautetönefee das gesagt, da riß der Gemüsehändler seine Karre zur Seite. Da sie sehr schwer war, kippte sie um und fiel in den Eierstand.

Der Eierstand brach zusammen und riß noch zwei andere Stände mit.

Markus – so hieß der kleine Junge – bemerkte erst etwas, als Tomaten, Äpfel, Kohl- und Salatköpfe an ihm vorbeikullerten.

Er drehte sich um und sah, daß alle durcheinanderredeten und böse auf ihn zeigten.

»Panilei«, rief Panilau, »komm schnell!«

Aufgeregt schwebten sie mitten in das Chaos hinein und konnten mit ihren Schmetterlingsnetzen viele neue Töne einfangen.

Immer wieder hörten sie neue Töne, wenn die Leute auf zerbrochene Eier oder in zermatschte Tomaten traten.

Die Menge stolperte über Äpfel, Salat- und Kohlköpfe und schimpfte mit dem Gemüsehändler, dessen Karre umgestürzt war.

»Sieh mal«, sagte Panilei plötzlich, »der kleine Junge ist völlig durcheinander!«

Markus war umringt von vielen fremden Menschen und einige deuteten auf ihn.

Er sah wütende Gesichter mit aufgerissenen, verzerrten Mündern.

Seine Mutter drängte sich durch die Menge und sofort schimpften die Leute auch mit ihr und zeigten immer wieder auf Markus.

Auch Mama schimpfte jetzt, das konnte er sehen, denn ihr Mund war jetzt ganz anders geformt. Er konnte nicht mehr erkennen, was sie sagte.

»Ach, das arme Kind«, flüsterte die kleine Leisetönefee. »Er fängt gleich an zu weinen. Er tut mir ja so leid!«

»Mir auch!« antwortete die kleine Lautetönefee. »Ich frage mich nur, warum er nicht zur Seite gegangen ist, als der Händler ihm dies zurief!«

Panilau und Panilei flogen näher heran und setzten sich auf eine Markise.

Völlig durcheinander steckte Markus seinen Zeigefinger in den Mund und seine Augen schwammen voller Tränen.

Er drehte sich um und wollte weglaufen, aber da packte ihn plötzlich jemand am Arm und hielt ihn fest.

Ängstlich drehte er sich um.

Ein älterer Mann nickte ihm freundlich zu.

»Du brauchst keine Angst zu haben«, sagte der nette Mann, zog ein Taschentuch hervor und tupfte ihm die Tränen ab. »Hast Du nicht gehört, daß der Händler ›Vorsicht‹ rief?«
Markus schüttelte den Kopf. Den netten Mann konnte er gut verstehen, denn er sprach deutlich und langsam und sah ihn dabei an.
Markus' Mutter kam herbeigeeilt und legte erleichtert ihren Arm um seine Schultern.
Der freundliche Mann grüßte sie und stellte sich als Hals-Nasen-Ohren-Arzt vor.
Dann ging er mit den beiden ein wenig zur Seite und unterhielt sich mit ihnen.
Markus erzählte, daß Mama manchmal mit ihm schimpfe, weil er nicht kommen würde, wenn sie ihn draußen vom Spielen ruft.
Der Arzt nickte verständnisvoll, gab der Mutter seine Visitenkarte und fragte: »Haben Sie schon mal überlegt, daß Markus Sie vielleicht gar nicht richtig hören kann, wenn Sie ihn rufen? Deshalb reagiert er manchmal anders, als Sie es von ihm erwarten!«
Nachdenklich hatte Frau Baumann zugehört und nickte.

Der Arzt lächelte freundlich und sagte: »Am besten, Sie kommen mit Ihrem Sohn heute noch in meine Sprechstunde, damit ich seine Ohren untersuchen kann!«
Markus und seine Mutter bedankten sich bei dem netten Herrn und gingen nach Hause.

Aufmerksam hatten die kleinen Feen zugehört.
»Panilei, hast Du verstanden, was der Mann gesagt hat?« fragte Panilau verwundert.
»Der Junge hört schlecht!« antwortete Panilei erstaunt. »Ich habe noch nie gehört, daß jemand schlecht hören kann! Du etwa?«
Panilau schüttelte den Kopf, zog die Stirn in Grübelfalten und murmelte: »Ich frage mich nur, was der Mann mit dem Jungen machen wird, damit er wieder hören kann?«
»Ich hab's«, rief Panilau, »wir gehen einfach mit in diese...äh...Sprechstunde!«

Panilei nickte begeistert.

»Das ist eine phantastische Idee! Komm, laß uns schnell hinterher-fliegen, damit wir den Jungen und seine Mutter nicht aus den Augen verlieren!«

Die kleinen Feen flogen hinter Markus und seiner Mutter her, bis diese in einem Haus verschwanden, das einen hübschen Garten mit vielen Blumen, Büschen und Bäumen hatte.

Panilau und Panilei hängten ihre Tönebeutelchen in das Geäst eines Baumes und beschlossen, ihre Pausenbrote zu essen. Sie setzten sich in den Baum und packten ihren Proviant aus.

»Iih«, rief Panilau, als sie ihr Brot aufklappte.

»Signor Diskanto hat uns mal wieder Blutwurst auf die Pausenbrote geschmiert!«

»Widerlich!« stimmte Panilei ihrer Schwester zu. »Und das Brot ist altbacken. Das macht er bestimmt, um uns zu ärgern!«

Widerwillig bissen sie in ihre Pausenbrote. Aber es schmeckte so abscheulich, daß sie es lieber an die Amseln verfütterten.

Der Zeiger der nahen Kirchturmuhr rückte immer weiter. Kurz bevor er auf der vollen zweiten Stunde stand, öffnete sich die Haustür und heraus traten Markus und seine Mutter.

»Komm schnell«, rief Panilau und die kleinen Feen flogen hinter den beiden her.

Der Junge und seine Mutter verschwanden in einem Haus, betraten die Praxis des Hals-Nasen-Ohren-Arztes Dr. Müller.

Aufgeregt schwirrten Panilau und Panilei von Fenster zu Fenster. Dann hatten sie Glück und entdeckten das Behandlungszimmer. Sie sahen den Jungen und seine Mutter.

Sie erkannten auch den netten freundlichen Mann vom Markt wie-der. Diesmal sah er ganz anders aus. Er trug einen langen weißen Kittel. Mit einem Trichter sah er in Markus Ohren und sagte: »Au-ßen sind Deine Ohren in Ordnung, aber nun will ich wissen, wie gut Du hören kannst. Ich setze Dir Kopfhörer auf und dann mußt Du mir immer sagen, wenn Du daraus einen Ton hörst, einverstanden?«

Markus bekam die Kopfhörer aufgesetzt und der Arzt bediente den

Hörmesser, der viele bunte Knöpfe und auch einige Schalter hatte. Markus lauschte in die Kopfhörer.

»Aber warum sagt er denn nichts?« wunderte sich Panilei, denn für sie war schon draußen vorm Fenster ein ganz leises Pfeifen vernehmbar, das nun immer lauter wurde.
»Weil er nicht so gut hören kann wie wir!« antwortete Panilau.

»Jetzt hör' ich was!« rief Markus.
»Gut gemacht, Markus«, sagte Dr. Müller. »Jetzt werden wir noch ein paar andere Töne ausprobieren!«
Nach einiger Zeit wandte sich Dr. Müller an Markus' Mutter und sagte:
»Frau Baumann, Markus hört sehr schlecht! Zwar hört er, wenn Sie

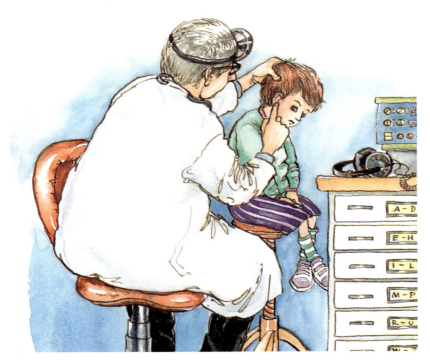

etwas sagen, aber er versteht nicht, was, und deshalb sieht er Sie immer an, und oft muß er angestrengt nachdenken, um zu verstehen und zu antworten!«

Markus' Mutter war sehr besorgt und fragte leise: »Muß Markus operiert werden?«

Der Arzt schüttelte lächelnd den Kopf und sagte: »Nein, aber er muß unbedingt Hörgeräte tragen!«

Mit diesen Worten wandte er sich an den Jungen und sprach weiter: »Du wirst Dich wundern, was Du alles hören wirst. All diese Dinge lernst Du nun kennen, die Du noch gar nicht oder bisher falsch gehört hast!«

Dr. Müller gab der Mutter ein Rezept und sagte ihr, wo der nächste Hörgeräte-Akustiker ist.

Markus und seine Mutter bedankten sich bei dem netten Arzt und verabschiedeten sich.

»Spricht die Hose...?«

»Weißt Du, was ein Hörgerät ist?« fragte Panilei.

Panilau schüttelte den Kopf. »Nein, ich weiß es nicht! Komm, beeil' Dich!«

Noch neugieriger geworden, flogen die kleinen Zwillingsfeen hinter Markus und seiner Mutter her. Diese gingen gleich in das Geschäft von Herrn Regler. »Hörgeräte-Akustiker-Meister« stand an seiner Tür.

Herr Regler zeigte Markus verschiedene Hörgeräte. Der Junge staunte und fragte: »Und damit kann ich dann hören?«

19

Herr Regler nickte und erklärte ihm, daß die Hörgeräte ein winziges Mikrofon, einen Verstärker und auch, wie bei einem Radio, klitzekleine Lautsprecher haben.

Dann stellte er mit vielen Meßgeräten und Schraubenziehern die blauen Hörgeräte genau auf Markus' Hörschaden hin ein.

Markus sah in den Spiegel und maulte.

»Jetzt sehe ich wie ein Mädchen aus!«

»Ach, Unsinn«, lachte Herr Regler. »Du bist ein richtiger Junge und die bunten Hörgeräte sind nicht nur schick, sondern haben zudem noch einen besonderen Zweck!«

Frau Baumann staunte und Herr Regler erklärte: »Wenn die anderen die bunten Hörgeräte sehen, dann wissen sie gleich, daß Du nicht gut hören kannst und nehmen darauf Rücksicht!«

Markus nickte und sagte nachdenklich: »Wie bei den Kindern, wenn sie Brillen tragen, dann weiß man auch gleich, daß sie schlecht sehen können!«

Herr Regler schmunzelte: »Du bist ein kluger Junge!« Dann schaltete der Hörgeräte-Akustiker die Hörgeräte ein.

Markus fuhr sich aufgeregt mit den Händen über seine Hose und erschrak.

»Mama, meine Hose...« wollte er sagen, aber jetzt bekam er einen gewaltigen Schreck. »Mama, ich rede so laut und so komisch!«

»Du hast auch Deine eigene Stimme noch nie richtig gehört«, sagte eine fremde Frauenstimme. Er sah sich um, doch er sah nur seine Mutter und Herrn Regler, der lächelte: »In ein paar Tagen wirst Du Dich daran gewöhnt haben und Du wirst wunderschöne Dinge hören, das versprech' ich Dir!«

Markus wunderte sich noch mehr. Vorhin hatte er Herrn Regler nur ganz dumpf verstanden, jetzt klang er richtig klar und deutlich.

Der Junge konnte sich gar nicht beruhigen.

Dann mußte er noch ein paar andere Hörprüfungen machen und der Hörgeräte-Akustiker-Meister war mit dem Ergebnis sehr zufrieden.

Er zeigte ihm noch, wie man die Geräte benutzt und bedient und wünschte dem Jungen für die nächsten Tage viel Spaß beim Hörenlernen.

Markus und seine Mutter bedankten sich und verließen das Geschäft.

Auf einmal blieb der Junge stehen.
»Du Mama, meine Hose spricht mit mir!«
Frau Baumann lächelte und sagte: »Aber nein, Deine Hose sagt Dir gar nichts! Beim Gehen reibt der Stoff aneinander und das gibt Reibegeräusche, die Du durch Deine Hörgeräte jetzt hörst!«
Plötzlich blieb Markus wieder stehen und fragte teils neugierig, teils ängstlich: »Mama, was war das?«
Und jedesmal antwortete seine Mutter: »Das war ein Auto!«
»Aber es ist so furchtbar laut!« rief der Junge und faßte sich an die Ohren.
Seine Mutter nahm ihm die Hände herunter und sagte: »Aber Markus, Du weißt, was Herr Regler zu Dir gesagt hat. In ein paar Tagen hast Du Dich daran gewöhnt! Ich kann meine Ohren auch nicht ausschalten, okay?«

Zuhause angekommen blieb Markus überrascht stehen.
Panilau und Panilei verfolgten seinen Blick.
Im Garten stand ein kleines Vogelhäuschen und die Piepmätze zankten sich zwitschernd um das Futter.

Auch in der Wohnung blieb der Junge immer wieder stehen und fragte seine Mutter, was das für Geräusche seien.
Frau Baumann war gerührt und beantwortete alle seine Fragen geduldig.
Markus war überrascht, was er alles hören konnte.
Das Tropfen des Wasserhahns, den Teekessel, der pfiff, seine Schritte und sogar Mamas Bluse wisperte ihm etwas vor.
Als Markus' Vater am Abend nach Hause kam, hörte der Junge zum ersten Mal, wie sich der Schlüssel im Schloß drehte.

21

Er lief ihm entgegen und rief: »Du Papa, ich hab' Dich kommen hören!«

Panilei und Panilau hatten dies alles miterlebt.
Aufgeregt waren sie von einem Fenster zum anderen geschwirrt und hatten durch die Scheiben gespäht.
Sie freuten sich mit dem Jungen und doch waren sie erschüttert.
All diese Geräusche, die sie so nebenbei hörten, die manchmal sogar lästig waren oder die sie gar nicht mehr wahrnahmen, hatte Markus bis heute nicht hören können?

Von der nahen Kirchturmuhr schlug es 7 Uhr!
Ach, du Schreck! Schon so spät?
Im Turm saßen sicher alle schon am Abendbrottisch.
Geschwind packten sie ihre Schmetterlingsnetze und hängten sich die Tönebeutelchen um den Hals. Aber es waren so viele und sie waren so schwer, daß die beiden kaum damit fliegen konnten.
Als Panilau mit dem Zauberstab ein wenig nachhelfen wollte, die Tönebeutelchen kleiner und leichter zu machen, streikte das Ding.
Der Zauberstab sprühte noch einmal kurz auf und dann war der Akku leer.
Wütend stampfte die kleine Lautetönefee mit dem Fuß auf. »So ein Mist!« schimpfte sie. »Wie sollen wir jetzt mit den vielen schweren Beutelchen nach Hause fliegen?«
Panilei wiegte nachdenklich ihr Köpfchen hin und her und sagte: »Weißt Du was? Wir nehmen nur einen mit und verstecken die anderen Tönebeutelchen im Baum. Dann holen wir morgen früh den Rest. Da können wir noch einmal den Jungen besuchen, was hältst du davon?«
Panilau nickte begeistert und sie machten sich schnell auf den Heimflug.

»... das gibt's doch nicht!«

Als sie beim alten Turm in Phantasien ankamen, stand der Mond schon groß und rund am nachtschwarzen Himmel und die Sterne funkelten.

Panilau und Panilei begegneten Lyro, der Peggy zu ihrem Stall brachte.

»Mann, beeilt Euch bloß!« flüsterte er ihnen zu.

»Dicke Luft?« fragten die Zwillingsfeen.

Lyro nickte und ging mit Peggy weiter.

Als Panilau die Tür aufmachen wollte, wurde sie von innen aufgerissen.

Signor Diskanto stand vor ihnen. »Na, Ihr könnt Euch auf was gefaßt machen!« kicherte er boshaft. »Archivar Dezibelli ist stinksauer auf Euch!«

Die Zwillingsfeen sahen sich an und seufzten.

»Der hat mir gerade noch gefehlt!« murmelte Panilau.

»Los, los, beeilt Euch!« drängelte Signor Diskanto. »Eine schönes Standpäukchen wartet auf Euch!«

Die kleinen Feen holten tief Luft und wünschten diesen widerlichen Signor Diskanto zum Kuckuck.

Sie nahmen ihre Flügelchen ab und hängten sie samt den Schmetterlingsnetzen ordentlich auf die Garderobe.

»Komm«, sagte die kleine Lautetönefee, »gehen wir ins Archiv, dann haben wir's hinter uns!«

Panilei nickte.

Sie nahmen ihr Tönebeutelchen und gingen zum Archiv.

Signor Diskanto klopfte höflich an.

»Herein«, hörten sie eine barsche Stimme.

»Archivar Dezibelli« röhrte Diskanto, »da bringe ich Ihnen die kleinen Bummler!«

Minchen Monti nickte ihnen freundlich zu und bastelte weiter am Computer.

Archivar Dezibelli sandte einen vorwurfsvollen Blick durch seine Nickelbrille und widmete sich wieder einem Ton.

Mit dem Stethoskop hörte er ihn ab, überprüfte ihn noch einmal mit der Stimmgabel und summte den Ton nach. Zufrieden nickte er und packte ihn in den Behälter.

»Ja, da seid Ihr ja!« Professor Krawalli stürmte zur Tür herein. »Habt Ihr neue Töne mitgebracht? Laßt mal sehen! Wo sind sie?«

Panilau und Panilei packten ihre Beutelchen auf den großen Tisch. Sofort stürzte sich der Professor darauf und wühlte darin herum.

Professor Krawalli war begeistert und stieß von Zeit zu Zeit einen Schrei des Entzückens aus.

»Ach, sind hier wundervolle Tönchen dabei! Da kann ich ja endlich die Ouvertüre meiner neuesten Komposition fertig machen! Herrlich, herrlich!«

Archivar Dezibelli runzelte ärgerlich die Stirn.

»Professor, passen Sie aber auf, daß Sie nicht wieder sämtliche Töne verschlampen!«

Professor Krawalli zog beleidigt die Nase hoch und suchte weiter nach neuen Tönen.

Archivar Dezibelli stellte den Behälter ins Regal und kam auf die kleinen Feen zu.   »Panilei, Panilau«, sagte er tadelnd, »wir haben uns schon große Sorgen um Euch gemacht! Den ganzen Tag...«

»Den ganzen Tag haben sie auf der Erde verbummelt«, mischte sich

Signor Diskanto ein. »Ich möchte zu gerne wissen, warum sie für das eine Säckchen so lange brauchten!«

»Ach, seien Sie endlich still«, fauchte Panilau. »Wir haben nicht gebummelt, noch sonst irgendetwas angestellt, was wir nicht dürfen!«

»Genau«, stimmte Panilei ihrer Schwester zu.

»Wir haben einen kleinen Jungen kennengelernt, der sehr schlecht hören kann!«

In diesem Moment betrat Lyro das Archiv.

»Hab' ich richtig gehört?« staunte er. »Jemand kann nicht hören?«

»Ha, ha, ha«, mischte sich Signor Diskanto ein. »Wo gibt es denn so was! Nicht hören können! Ha, ha! Das ist die herrlichste Ausrede, die ich jemals hörte!«

»Es ist aber wahr! Der kleine Junge, Markus Baumann, kann nicht hören!« eiferte sich Panilau.

»Genauso ist es«, kam Panilei ihrer Schwester zu Hilfe. »Wir konnten es auch nicht glauben, daß es so etwas gibt!«

»Ihr lügt«, behauptete Signor Diskanto.

»Panilei und Panilau lügen nicht!» sagte Minchen. »Ich habe davon auch schon mal was gehört!«

Lyro war ziemlich fassungslos und fragte: »Dieser Junge kann wirklich nicht hören?«

Panilau und Panilei nickten und aufgeregt berichteten sie von ihrem Erlebnis auf der Erde.

»Das ist ja furchtbar«, hauchte Lyro. »Wenn diese Kinder schlecht hören, dann sind sie ja ständig in Gefahr!«

Professor Krawalli widmete sich wieder den Tönen. Aus dem Beutelchen fischte er einen Ton, der ganz entsetzlich quietschte und gar nicht damit aufhören wollte.

»Oh«, freute sich der Professor. »Ist er nicht himmlisch!?«

»Nein«, schrien alle.

»Verflixt noch mal«, raunzte Archivar Dezibelli. »Packen Sie den Ton schnell in den Beutel. Das ist ja nicht auszuhalten!«

Professor Krawalli packte den Ton, wollte ihn in den Beutel stecken, aber er glitt ihm aus der Hand und hüpfte auf den Schreibtisch neben die Glaskugel mit den Zauberflocken.

Er wurde immer lauter, wurde so schrill, daß die Glaskugel platzte. Heraus quollen die Zauberflocken.

»Und womit soll jetzt der Zauberstab geladen werden?« brummte Minchen.

Signor Diskanto kicherte schadenfroh.

»Das ist mal wieder typisch für Sie«, schimpfte Archivar Dezibelli. »Ich hoffe, daß Sie wenigstens die Flocken zusammenfegen!«

Mit diesen Worten drehte er sich um und verließ das Archiv.

»Aber sicher doch«, murmelte der Professor eingeschnappt. Er öffnete die Schublade und fegte die Zauberflocken hinein.

Im Dachgeschoß des Turmes, wo Professor Krawalli sein Stübchen hatte, herrschte an diesem Abend ohrenbetäubender Lärm.

Obwohl sich alle darüber beschwerten, war Krawalli in seinem Element. Ihn störte der Krach nicht. Schließlich mußte er seine neue Oper beenden.

Panilau und Panilei lagen noch lange wach und unterhielten sich immer wieder über Markus. Sie freuten sich so auf den nächsten Tag. Trotz der Krawallmusik im Dachstübchen fielen sie in einen tiefen festen Schlaf!

Sogar der Teddy kann sprechen!

Am nächsten Morgen, als die Sonne aus den Wolken kroch und so nach und nach Tag machte, hüpften schon beim ersten Hahnenschrei Panilau und Panilei sofort aus ihren Betten.

Sie eilten zum Badezimmer, weil sie heute unbedingt die ersten sein wollten.

Aber sie hatten Pech.

Das Badezimmer war schon besetzt.

Sie hörten den Professor gurgeln, hüsteln und anschließend schmetterte er seine Morgenarie.

Die beiden Feen verzogen schmerzlich das Gesicht.

»Warum sagt ihm eigentlich keiner, daß er nicht singen kann?« flüsterte Panilei. »Und warum braucht er denn immer so lange, bis er im Badezimmer fertig ist?«

»Weil er seinen komischen Bart in Löckchen zwirbeln muß!« kicherte Panilau.

In diesem Moment schwang
die Badezimmertür auf.
Ein strafender Blick traf sie.
»Das Badezimmer steht den
Damen zur Verfügung!« sagte der
Professor frostig und stolzierte in
die Küche.
Panilau und Panilei konnten es
kaum abwarten, bis alle mit
dem Frühstück fertig waren.
Sie zappelten herum und
sprachen sogar hin und wie-
der mit vollem Mund.
Endlich war das Frühstück

beendet. Geschwind eil-
ten sie in den Flur.
»Laß uns schnell verduften, be-
vor Signor Diskanto uns wieder
nervt!« flüsterte die kleine Leise-
tönefee ihrer Schwester zu.
Auf Zehenspitzen schlichen sie zur
Haustür.
Grinsend stand Signor Diskanto vor der
Tür und hielt ihnen die Tüte mit dem
Proviant hin.
»Bitteschön, meine Damen, hier ist Euer
Pausenbrot!«
Es blieb ihnen nichts anderes übrig, als
sich zu bedanken.
Sie steckten sich ihre Flügelchen auf und
verließen den Turm.
Sie begegneten Lyro, der geduldig auf Peggy
einredete und ihr eine Karotte hinhielt.
Peggy, das kleine Flügelpony, hatte anscheinend
schlechte Laune...

Nach einiger Zeit landeten sie im Garten von Familie Baumann.
Sie setzten sich auf das Fenstersims von Markus' Kinderzimmer.
Neugierig spähten sie durch einen Vorhangspalt.
Markus schlief, mit dem Teddy im Arm, tief und fest.
Gespannt warteten sie, daß der Junge aufwachte.

Endlich war es soweit. Markus erwachte und schlurfte ins Badezimmer.
Nach dem Duschen und Zähneputzen öffnete er die kleine Plastikdose, in der die Hörgeräte aufbewahrt wurden.
Er setzte sie ein und ging zu seiner Mutter in die Küche.
Stolz zeigte er ihr, daß er die Hörgeräte allein eingesetzt hatte.
Frau Baumann kontrollierte den Sitz.
Die Hörgeräte saßen perfekt.
Beim Frühstück vergaß Markus ständig das Essen. Immer wieder hielt er erstaunt inne, weil er ein Geräusch hörte, das er nicht kannte.
Nie zuvor hatte er das Küchenradio, das leise im Hintergrund spielte, vernommen.
Die Kaffeemaschine spuckte Tropfen für Tropfen in den Filter und der gebraute Kaffee fiel gluckernd in die Glaskanne.
Als seine Mutter das Brötchen aufschnitt, knirschte dies und er hörte sogar, wie sie es mit Butter bestrich.
Später, als er in sein Zimmer ging, hörten sich seine Schritte schon wieder anders an, als auf den Fliesen in der Küche.
Als er in seiner Spielzeugkiste wühlte, machten die Dinge richtig Krach, aber das Schönste war, daß er sogar mit seinem Teddy sprechen konnte.
Immer wieder drückte er den kleinen Plüschbauch und freute sich, daß der Bär so gutmütig brummte.
Panilau und Panilei saßen ganz still auf dem Fenstersims.
Erst jetzt wurde es ihnen bewußt, wieviel Freude und auch Notwendigkeit dem kleinen Jungen bisher entgangen war.
Die kleine Lautetönefee und die kleine Leisetönefee konnten sich nicht dazu entschließen, endlich nach Hause zu fliegen.
Die Freude des Kindes über die kleinen Geräusche des alltäglichen

Lebens, die für Hörende so selbstverständlich waren, hatte sie zutiefst erschüttert.

Markus war überwältigt. Er ging zu seiner Mutter in die Küche, die am Bügelbrett stand und plättete. Sogar das Bügeleisen, das er bis heute nur dampfen gesehen hatte, gab merkwürdige Geräusche von sich.
Frau Baumann lächelte gerührt, wenn ihr Sohn ihr eifrig von den Dingen erzählte, die er heute zum ersten Mal gehört hatte.
»Warum gehst Du nicht ein bißchen spielen?«, schlug sie Markus vor.
»Oh ja«, sagte er begeistert. »Ich gehe zur großen Wiese. Dort gibt es viele Tiere. Vielleicht können die auch sprechen!«
Und Markus ging nach draußen.
Als er den Garten verließ, quietschte die Gartenpforte. Und als er die Hände in die Hosentasche steckte, bleib er überrascht stehen. Sogar das konnte er hören.
Panilau und Panilei hatten ganz vergessen, daß sie eigentlich schon längst in Phantasien sein sollten.

Auf einmal war alles anders

Sie schwebten hinter Markus her.
Er ging weiter zu der großen Wiese. Dort stand das Gras fast meterhoch. Er blieb vor der großen alten Eiche stehen.
Das war sein Lieblingsplatz und außerdem wohnten in diesem Baum ein paar Eichhörnchen, die manchmal ziemlich frech waren.

Er sammelte ein paar Eicheln, setzte sich unter den Baum und war-
tete.
Aber die Tierchen, die ihm sonst aus der Hand fraßen, kamen heute
nicht.

Im sanften Wind wiegten sich die hohen Halme.
Langsam wurde der Wind stärker und in der Ferne grollte ein Donner.
»Grundgütiger«, rief Panilau, »sieh' Dir das an!« und zeigte in die
Ferne.

»Ein Gewitter«,
murmelte Panilei
entsetzt, »das hat
uns gerade noch
gefehlt!«
Der ferne Donner
rollte näher und der
Himmel verfinster-
te sich von einer
Minute zur ande-
ren.
Der Wind wurde
immer stärker, feg-
te durch das Gras
und fing sich heu-
lend im Gebüsch.
Markus war zu-
tiefst erschrocken.
Irritiert sah er zum
Himmel.
Plötzlich grollte ein gewaltiger Donner und entfachte Blitze, die vom
Himmel herabzuckten.
Zusammengekauert saß Markus unter dem Baum.
Um ihn herum war es jetzt stockdunkel und der Wind brauste durch
die Bäume, das Schwingen der Äste hörte sich wie Peitschenknallen
an.

Das Gewitter kam näher und der Donner wurde noch lauter. Ein Blitz nach dem anderen zuckte über den nachtgrauen Himmel.

Entsetzt hielt sich Markus die Ohren zu, doch die Geräusche, vor denen er sich so fürchtete, hörten nicht auf.

Nun setzte der Regen ein. Dicke Tropfen prasselten herab und in wenigen Sekunden war er völlig durchnäßt.

Auch Panilei und Panilau, die sich schnell zwischen den Ästen versteckt hatten, bekamen große Angst.

»Aufhören! Aufhören!« schrie Markus verzweifelt und drückte seine Ohren noch fester zu.

Aber es hatte keinen Sinn. Die unheimlichen Geräusche wurden nicht leiser, im Gegenteil, und hörten schon gar nicht auf.

Er griff an seine Ohren und riß sich die Hörgeräte heraus.

Auf einmal war alles anders.

Zwar war der Himmel noch genauso dunkel und Blitze zuckten, auch beugten sich die Bäume unter dem Wind, aber die schrecklichen Geräusche, die ihm so viel Angst einflößten, die waren jetzt bedeutend leiser.

Erleichtert atmete er auf und öffnete seine Hände. Klein und blau lagen die Hörgeräte darin.

Da kroch Wut in ihm hoch, er warf sie zu Boden. Wütend trampelte er darauf herum.

»Ihr blöden Dinger«, heulte er auf und machte sich eilig auf den Weg nach Hause.

»Panilei, los beeil' Dich. Der Junge rennt weg!«

»Oh, Panilau«, stöhnte die kleine Leisetönefee. »Meine Flügelchen sind vom Regen ganz verklebt.«

»Sieh' mal, Markus' Hörgeräte!« flüsterte Panilau und hob sie auf. »Jetzt sind sie kaputt!«

»Ob Minchen sie reparieren kann?« fragte die kleine Lautetönefee.

»Das weiß ich nicht«, antwortete ihre Schwester und steckte sie ein. »Auf alle Fälle nehmen wir sie mit! Dann können wir den anderen beweisen, daß es so etwas wirklich gibt!«

»Ich will nicht mehr hören!«

Obwohl der scheußlich kalte Wind und der Regen ihnen den Flug sehr beschwerlich machten, verloren sie Markus nicht aus den Augen und dieser rannte und rannte.

Blind vor Tränen stolperte er einmal und fiel hin.

Zum Glück tat er sich nicht weh, denn die Wiese war ganz aufgeweicht.

Er wollte nur noch nach Hause zu seiner Mutter.

Endlich erreichte er das Haus.

Markus drückte auf den Klingelknopf und hieb mit den Fäusten auf die Tür ein.

»Aufmachen! Aufmachen! Mama! Mama, mach auf!« weinte er herzzerreißend.

Frau Baumann öffnete die Tür und tadelte: »Meine Güte, warum machst Du so einen Lärm?«

Der Junge heulte auf und warf sich in ihre Arme.

Frau Baumann stutzte: »Aber Markus, was ist denn los? Du bist ja ganz verstört!«

Dann bemerkte sie, daß er keine Hörgeräte mehr trug. Ärgerlich runzelte sie die Stirn, umfaßte seine Schultern und fragte eindringlich: »Markus, wo sind Deine Hörgeräte? Was hast Du mit ihnen gemacht?«

Ein tiefer Schluchzer war die Antwort.

Frau Baumann seufzte und nahm ihn an die Hand.

»Markus, wir setzen Dich erst einmal in die Badewanne. Du bist ja völlig durchnäßt!«

Sie zog ihn ins Badezimmer und setzte ihn in die Wanne.

Panilau und Panilei saßen auf dem Fenstersims vor dem Badezimmerfenster.

Sie konnten nichts durch die Milchglasscheiben sehen.

Neugierig preßten sie ihre Öhrchen an die Scheibe und lauschten.

»Bitte, Markus, nun erzähl doch«, hörten sie Frau Baumann fragen.
»Was hast Du mit Deinen Hörgeräten gemacht?«
»Ich hab' sie weggeworfen«, antwortete er ganz leise.
»Was? Aber Markus, Du weißt, was...«
»Ich habe so schreckliche Sachen gehört! Ich will keine Hörgeräte
mehr tragen!« sagte er trotzig.
»Aber Markus!«
»Ich will nicht! Ich will nicht! Sie sind böse!«
Seine Mutter seufzte. »Gut, Markus, wir sprechen später noch ein-
mal darüber...«
»Nein, nein, nein! Ich will nicht!« schrie der Junge.

Panilau und Panilei sahen sich betrübt an.
»Der arme Junge«, flüsterte Panilau.
»Er hat fürchterliche Angst vor den Geräuschen«, murmelte Panilei.
»Er hat aber ein Pech«, sagte die kleine Lautetönefee. »Ein Gewitter
kann selbst uns einen gehörigen Schrecken ein-
jagen!«
Ihre Schwester nickte und sagte. »Komm,
laß uns nach Hause fliegen. Der Regen hat
endlich aufgehört!«
Die Zwillingsfeen hängten sich die
Tönebeutelchen um den Hals, flatter-
ten noch ein wenig ihre Flügelchen
trocken und machten sich auf den
Heimflug.

Sie flogen über Wiesen und Wälder
und entdeckten Lyro, der auf dem
Gatter eines Koppelzaunes saß und
auf seiner Laute spielte.
Peggy, sein Flügelpony, jagte übermütig
hinter den Schmetterlingen her.
»Hi, Lyro«, riefen Panilei und Panilau zu
ihm herab. Lyro hielt kurz inne, winkte

und pfiff nach Peggy. Aber Peggy dachte nicht
daran, seinem Pfiff zu folgen und begann seelen-
ruhig zu grasen.

Nach einiger Zeit kam der windschiefe Turm
von Phantasien in Sicht.
Professor Krawalli stand, weit aus dem Fenster seines Dachstübchenfensters gebeugt,
und spähte durch ein Fernrohr.
Begeistert winkte er ihnen zu und kurz darauf empfing er sie stürmisch.
»Da seid Ihr ja, meine Hübschen! Da seid Ihr ja!
Wo sind die Tönchen?«
Panilau und Panilei grinsten sich zu und drück-
ten Krawalli die Tönebeutelchen in die Hände.
Sofort wollte sich dieser in sein Dachstübchen
begeben, aber Archivar Dezibelli deutete mit dem Zeigefinger auf
die Tür des Archivs.
»Aber ich wollte doch nur mal...« widersprach der Professor.

»Ich weiß, was Sie immer wollen, aber Sie tun's
nicht! Sie bringen alle Tönchen durcheinander
oder verschlampen Sie!«
»Archivar Dezibelli«, schnaubte Krawalli, »ich
muß schon sagen...«
»Mittagessen!« rief Minchen Monti aus der
Küche.
»Oh, Minchen kocht heute wieder!« freute
sich Lyro, der gerade hereinkam.
»Zum Glück«, lästerte Panilau. »Bei dem Fraß,
den uns Signor Diskanto immer vorsetzt...«
Abrupt hielt die kleine Lautetönefee inne.
»Sprecht nur weiter!« keifte Signor Diskanto.
»Ich bin ganz Ohr!«
Aber die Feen zuckten mit den Schultern, ließen
ihn einfach stehen und gingen in die Küche.

»Nun, wie geht es dem Jungen denn heute?« fragte Archivar Dezibelli.

Panilau und Panilei sahen betrübt in die Runde.

Die kleine Lautetönefee seufzte und sagte leise: »Er hat seine Hörgeräte weggeworfen und ist auf ihnen herumgetrampelt!«

»Er will lieber gar nichts hören, als sich vor Geräuschen zu fürchten!« ergänzte Panilei.

»Aber wieso kann man sich vor dem Hören fürchten?« fragte Lyro
verständnislos und häufte sich noch einen Pfannkuchen auf den Tel-
ler.

Auch die anderen sahen sich erstaunt an.

Panilei und Panilau berichteten ausführlich.

Sie erzählten, wie er über all die neuen Töne staunte, von dem Spa-
ziergang und dem schrecklichen Gewitter, und
daß er nie mehr ein Hörgerät tragen will.

In der großen Küche war es mucks-
mäuschenstill.

»Ich kann den Jungen gut verstehen«,
murmelte Minchen. »Er muß sich ja
fürchten! Er kennt doch alle diese
Töne nicht!«

»Und wir haben so viele davon im
Archiv!« sagte Archivar Dezibelli.

»Warum laden wir ihn nicht ein?«
schlug Professor Krawalli vor.
»Lyro hat doch eine Wunderlaute. Wenn er einen ganz be-
stimmten Ton anschlägt, dann wird
eine Stimmung heraufbeschworen!«

»So ein Quatsch«, zischte Signor Diskanto. »Das ist vergebene Mühe. Selbst
wenn er dann die Geräusche unterscheiden
kann, nützt es ihm nichts. Die Hörgeräte
sind doch kaputt!«

»Wenn das alles ist«, lachte Minchen Monti. »Wo sind sie?«
Panilau und Panilei gaben ihr die Hörgeräte.

Minchen Monti ging schnurstracks ins Archiv, legte die kleinen Hörgeräte auf den Tisch und kramte in den Schubladen nach ihrem Schraubenzieher.

Neugierig grapschte sich Professor Krawalli eines der Hörgeräte.

»Lassen Sie die Dinger bloß liegen«, rügte ihn Minchen und klopfte ihm auf die Finger.

Krawalli ließ vor Schreck das kleine Hörgerät fallen und es purzelte in die offenstehende Schublade, mitten hinein in die Zauberflocken. Funken sprühten, Sternchen blitzten und es knisterte.

Und dann geschah das Unfaßbare.

Das kleine Hörgerät wurde lebendig. Ärmchen und Füßchen sprossen hervor und es öffneten sich langbewimperte Äuglein. Dann gähnte es ausgiebig, rieb sich die Augen, blinzelte ein wenig und lächelte. Es stand auf und ging ein paar tapsige Schrittchen auf zittrigen Beinchen.

»Ach, ist der süß«, murmelte Panilau.

»Das Kerlchen ist ja ein richtiges Hörgerät!« staunte Panilei.

Das Kerlchen nickte, setzte sich hin und ließ die Beinchen von der Tischkante baumeln.

Verlegen steckte es ein Fingerchen in den Mund und blickte treuherzig in die Runde.

»Ich habe Hunger«, sagte es leise mit piepsiger Stimme und alle brachen in schallendes Gelächter aus.

»Na, dann kommt mal alle in die Küche«, riet Minchen. »Es sind vom Mittagessen noch ein paar Pfannkuchen übrig. Signor Diskanto, legen Sie bitte noch ein Gedeck auf!«

»Immer ich«, murmelte dieser beleidigt, stand auf und ging betont langsam in die Küche.

Das kleine Kerlchen saß am Tisch und staunte über den großen Pfannkuchen, der über den Tellerrand hing.

»Sag' mal«, fragte Dezibelli, »wie heißt Du eigentlich?«
»Hörgerät!« antwortete es und biß hungrig in den mit Schokolade
gefüllten Pfannkuchen.
»Hörgerät? So ein Blödsinn!« nörgelte Signor Diskanto. »So können
wir ihn doch nicht nennen! Ich bin dafür, daß wir ihn Erwin taufen!«
»Quatsch«, rief die kleine Lautetönefee. »Erwin, das paßt doch gar
nicht zu ihm!«
»Panilau hat recht«, murmelte ihre Schwester. »Er muß einen Namen
haben, der zu ihm paßt! Schließlich gewinnt man mit einem Hörgerät
das Hören!«
»Vielleicht Hörwin?« piepste das kleine Kerlchen und sah in die
staunende Runde.
Panilei nickte eifrig und rief: »Hörwin
ist ein schöner Name!«
»Na, gut«, schmun-
zelte Dezibelli.

»Hörwin paßt auch viel besser zu Dir! Im übrigen kannst Du mir später ein wenig im Archiv helfen!«

Hörwin nickte. »Darf ich dann mit den Tönen spielen?«

»Bloß nicht«, schmunzelte Dezibelli und drohte mit dem Zeigefinger. »Mir reicht es schon, daß der Professor ständig meine Töne verschlampt!«

»Archivar Dezibelli«, entrüstete sich Krawalli. »Ich muß schon ...«

»Sagen Sie's später«, unterbrach ihn Lyro. »Ich bin dafür, daß wir nun zur Erde reisen und das Kind einladen. In der Zwischenzeit könnt Ihr einige Töne aussuchen, die wir ihm vorstellen!«

»Oh«, rief Professor Krawalli. »Ich werde ihm die schönsten Töne beibringen. In meiner Privatsammlung habe ich...«

»Sie werden gar nichts«, fiel ihm der Archivar heftig ins Wort. »Sie...«

»Also Tschüss«, rief Lyro. »Panilau, Panilei, kommt! Ihr müßt mir den Weg zeigen!«

»Darf ich mit?« fragte Hörwin und sah ihn bettelnd an.

Lyro nickte.

»Und ich werde inzwischen das andere Hörgerät reparieren. Haltet mir die Daumen, daß ich ein zweites nachbauen kann!« rief Minchen Monti und machte sich an die Arbeit. »Dezibelli, starten Sie schon mal den Computer und schalten Sie die Monitorüberwachung ein!«

»Mach' ich«, sagte dieser und lud das Programm im Computer.

»Komm, wir laden Dich ein!«

Lyro ritt auf Peggy, mit Hörwin auf der Schulter, auf dem Regenbogen zur Erde.

Panilau und Panilei schwebten über ihnen.

Nach einiger Zeit hatten sie das Haus erreicht, in dem Markus wohnte, und landeten auf der Fensterbank.

Vorsichtig spähten Lyro, Hörwin, Panilei und Panilau in Markus'
Zimmer.

Der Junge lag mit seinem Teddy im Arm auf seinem Bett und heulte
in sein Kissen.

»Der arme Kleine«, hauchte Hörwin.

Lyro nickte, griff in die Saiten seiner Laute und schlug einen Akkord
an.

Leise quietschend sprang das Fenster auf.

Vorsichtig betraten sie das Zimmer,
kletterten die Bettdecke hoch und
setzten sich auf den Nachttisch.

»Aber, aber, wer wird denn weinen«,
flüsterte Hörwin.

Verwundert blickte Markus hoch und
erschrak.

»Keine Angst, wir tun Dir nichts«, sagte
Lyro.

»Wir wollen Dir nur helfen«, raunte Panilei
und Panilau nickte.

»Erkennst Du mich noch?« fragte Hörwin.

Markus sah ihn nachdenklich an. »Du siehst
wie mein Hörgerät aus!«

Das kleine Kerlchen nickte. »Mein Bruder und
ich haben Dich wohl recht erschreckt, was?«

»Bruder?« fragte Markus.

Hörwin lächelte verlegen. »Na ja, er war jedenfalls
mein Bruder, bis Du ihn kaputtgemacht hast!«

Markus legte den Kopf schief und fragte: »Wer
seid Ihr überhaupt?«

Lyro verbeugte sich leicht und sagte: »Das ist
Panilei, die Leisetönefee, und das ist ihre Zwil-
lingsschwester Panilau, die Lautetönefee. Ich bin
Lyro, der Lautenspieler, und das ist Hörwin!«

42

»Wir haben Dich beobachtet, als Du mit den Hörgeräten besser hören konntest! Wäre es nicht schön, immer so gut zu hören?« fragte Panilei.
»Nein!« sagte Markus und drehte sich um. »Es macht mir Angst!«
»Verstehe! Aber wir könnten Dich mit den Geräuschen bekanntmachen und wenn Du sie dann hörst, dann kennst Du sie schon!« bat Lyro.
»Du würdest keine Angst mehr vor ihnen haben!« ergänzte Hörwin.
»Erinnere Dich doch mal, wie sehr Du Dich über das gute Hören gefreut hast!«
Markus zögerte.
»Nun komm' schon! Niemand wird merken, daß Du bei uns Hörunterricht bekommst, abgemacht?» schmeichelte Hörwin und Markus nickte.
Erleichtert atmeten sie auf.
Lyro griff in seine Zauberlaute und Markus war nun genauso klein wie die anderen.
Sie stellten ihm Peggy vor, die zutraulich ihre Nüstern an seiner Schulter rieb.
Lyro half Markus beim Aufsteigen.
Hörwin setzte sich auf Markus' Schulter.
Markus durfte mit der Zunge schnalzen und Peggy schwang sich in die Lüfte.
Panilau und Panilei flogen hinterher.
Markus war überwältigt, als er von oben herab die Häuser sah, die nun so winzig aussahen.
Zwar war er schon einmal mit einem Flugzeug geflogen, doch mit einem Flügelpferdchen in die Lüfte zu steigen, das war schon etwas anderes.

»Das haben wir für Dich ausgesucht!«

Nach einiger Zeit hatten sie Phantasien erreicht.

Die Bewohner des windschiefen Turmes waren vor der Tür versammelt und begrüßten herzlich das Kind.

Minchen Monti ging auf Markus zu und reichte ihm die Hand. »Willkommen, mein Junge. Darf ich Dir die anderen vorstellen?«

Verlegen reichte Markus jedem die Hand.

Dann wurde er ins Tonarchiv geführt.

Überwältigt blieb er stehen und sah sich staunend um. Die riesigen Regale mit unzähligen Tonbehältern, fein säuberlich beschriftet, beeindruckten ihn sehr.

Archivar Dezibelli führte ihn zu dem großen Tisch, auf dem auch viele Behälter standen.

»In all diesen Behältern haben wir Geräusche und Töne gesammelt – und diese hier auf dem Tisch haben wir extra für Dich herausgesucht!«

»Und ich habe für Dich auch noch einige phantastische Tönchen ausgesucht!«, sagte Professor Krawalli, der einen ganzen Einkaufskorb voller Tönebeutelchen anschleppte.

»Aber nicht jetzt«, tadelte Minchen Monti. »Der Junge muß zuerst die Geräusche kennenlernen, die ihn vor Gefahr bewahren und vor denen er sich sonst fürchten würde!«

Der Professor war beleidigt. Er packte seinen Korb, verließ das Archiv und warf krachend die Tür zu.

Und dann war es soweit.

Markus setzte sich hin und Hörwin saß auf seiner Schulter.

Lyro griff in die Wunderlaute, schlug einen Akkord an und eine große runde weiße Blase erschien.

Nun öffnete Archivar Dezibelli den ersten Behälter und ein Ton hüpfte heraus.

Die große weiße Blase wurde bunt und Markus sah ein kleines Mädchen mit Schulranzen, das über die Straße ging. Es hörte das heranfahrende Auto nicht.

»Markus«, flüsterte Hörwin, »so hört sich ein heranfahrendes Auto an! Wenn Du ein Auto nicht siehst, dann kannst Du es mit den Hörgeräten hören!«

Markus nickte nachdenklich.

Lyro schlug den nächsten Akkord an und Archivar Dezibelli ließ das nächste Geräusch frei.

Fast eine Stunde brachten die Bewohner des alten Turmes Markus Geräusche des alltäglichen Lebens bei.

»So, nun ist es genug«, sagte Minchen Monti. »Markus kennt jetzt so viele Geräusche, daß er sich nicht mehr fürchten muß, nicht wahr, mein Junge?«

Markus lächelte verlegen.

Gerührt nahm ihn Minchen in den Arm und fragte: »Jetzt wirst Du wohl nicht mehr Deine Hörgeräte wegschmeißen?»

Dann fischte sie aus einer ihrer vielen Taschen zwei kleine Hörgeräte.

»Als die anderen Dich abholten, ist es mir gelungen, ein kleines Hörgerät nachzubauen!«

»Ich helfe Dir, sie anzupassen«, piepste Hörwin und machte sich gleich an die Arbeit. Die Hörgeräte funktionierten ausgezeichnet und Markus konnte gleich viel besser hören. »Mein Kompliment, Fräulein Monti«, sagte Archivar Dezibelli anerkennend und Minchen errötete verlegen.

Markus sah schüchtern in die Runde und sagte leise. »Vielen Dank, aber ich muß nun nach Hause. Meine Eltern wissen nicht, wo ich bin!«

Lyro rief nach Peggy, die erst ein Dutzend Karotten fraß, bis sie sich bequemte, in die Lüfte zu steigen, um zur Erde zu fliegen.

Lyro und der Junge saßen auf Peggy und Hörwin auf Markus' Schulter.

Panilei und Panilau flogen voraus.

Nach einiger Zeit landeten sie auf dem Fenstersims von Markus' Kinderzimmer.

Das Fenster stand noch sperrangelweit auf.

Lyro griff in seine Wunderlaute und der Junge wurde wieder so groß wie zuvor.

An der Tür klopfte es.

»Meine Mutter«, flüsterte Markus.

Lyro, Hörwin, Panilei und Panilei verabschiedeten sich geschwind und huschten aus dem Fenster.

»Mach´s gut«, riefen sie ihm zu, winkten noch einmal und flogen davon.

Markus blickte ihnen nach und kurz darauf waren sie verschwunden.

An der Tür klopfte es heftiger. »Markus«, rief seine Mutter besorgt. »Was ist mit Dir los? Warum schließt Du Dich ein?«

Markus schloß die Tür auf und lächelte spitzbübisch: »Aber Mama, Du brauchst doch nicht die Tür einzuschlagen! Ich kann sehr gut hören!«

»Oh, Markus«, rief Frau Baumann überglücklich. »Deine Hörgeräte. Du hast sie also doch nicht weggeworfen!«

Markus grinste. »Die sind schick, was?«

»In Zukunft werden wir nicht nur Töne sammeln!«

Als Lyro, Hörwin, Panilei und Panilau im windschiefen Turm ankamen, saßen alle, bis auf den Professor, vor dem Monitor. Der Computer ratterte und quäkte: »Direktübertragung läuft – Erde – Deutschland – Neustadt – Schulzengasse 10 – Familie Baumann – ich wiederhole: Familie Baumann...«

»Schaltet doch den Ton ab«, nörgelte Signor Diskanto.

»Da haben Sie ausnahmsweise recht«, sagte Dezibelli und stellte den Lautsprecher ab.

»Seht mal, da ist er ja!« freute sich Lyro.

Neugierig beugten sie sich vor.

Sie sahen Markus mit seinen Eltern beim Abendbrot sitzen.

»Seht mal«, rief Hörwin. »Markus trägt seine Hörgeräte!«

»Da hatte der Professor ausnahmsweise eine gute Idee!« knurrte Archivar Dezibelli.

»Ich habe immer gute Ideen«, betonte Krawalli, der gerade zur Tür hereinkam.

»Wir werden in Zukunft nicht mehr nur Töne sammeln, sondern Kindern, die nicht gut hören können, helfen und ihnen beibringen, wie wichtig es ist, Hörgeräte zu tragen!« piepste Hörwin.

»Richtig«, murmelte Minchen Monti. »Wir werden nicht nur Töne und Geräusche sammeln, sondern sie den hörgeschädigten Kindern vorführen!«

»Aber das macht ja so viel Arbeit«, warf Signor Diskanto ein.

»Das macht doch nichts«, entgegnete Lyro. »Das bringt ein wenig Abwechslung in unseren alten Turm!«

»Genau«, ließ sich Professor Krawalli vernehmen! »Aber das nächste Mal will ich auch ein paar Tönchen vorführen! Schließlich bin ich Spezialist in bezug ...«

»...auf Krachmachen!« vollendete Archivar Dezibelli seinen Satz und alle brachen in schallendes Gelächter aus.

Der Professor sah irritiert in die Runde, aber das Lachen war so ansteckend, daß er einfach mitlachen mußte.